오늘의 연애 내일의 날씨

김효선 시집

시인동네 시인선 058

김효선 시집

오늘의 연애 내일의 날씨

시인동네

어둡다는 건
바깥으로 기울어지는 일.

아무것도 모르는 소녀처럼
명랑을 배운다.

헤어진 꽃잎은
먼 곳에 나를 내려두고
벼랑으로 뛰어내린다.

절대로,
아프지 않다.

2016년 5월
김효선

차례

제1부

라흐마니노프가 온다

라일락 피는

환한 웃음을 머금은 오후

건너편 모텔엔 빈방이 없다

어제는 늘 오늘로

첫사랑은 심장에 내리는 눈이라지

사월의 이마가 서늘한데

낙원은 가깝고 사랑은 멀어 미스 킴,

거짓말처럼, 오후

---

*라흐마니노프: 러시아 작곡가. 라일락, Op. 21 No.5.

독작(獨酌)

손가락으로
새가 운다

입 없는 꽃이 핀다
귀 없는 섬으로 가기 위해
취하지 않으면
목련이 떨어졌던가
달빛이 쏟아졌던가

섬에서 섬으로 떠돌기 위해
취한 문장들이 공중에 길을 내는 동안,
새들은 날개 대신 손가락을 가진다
외로워서 한 여자가 10초마다 플래시를 터트린다
한 남자가 구름을 뒤집어쓰고 나오지 않는다

브레이크를 밟아도 심장은 어두워지고
손톱은 새벽에 가깝다

눈썹뼈 불거지는 나는 내가 아니고
꽃 진 자리 여긴 어딘가
아름다운 것은 폐허다

화석(花席)

오래전 다친 손목이 다시 앓는 소리를 내고
밤새 비가 아우성을 친다
운명이라 해도 상처는 일말의 동행

산다는 건
부러진 울음을 일기장에 굽는 일
지문이 소멸하는 동안

구름은 왜 횡단보도에서 손들고 건너는 저 아이들에게만
상냥한가

고양이 몇 마리가
지상에서 가장 무거운 언어를 파자하고 있다
단 한 문장,
나는 어디서 와서 어디로 흘러가는 구름인가

마름질로 틈틈이 지우지만
하루에 하나씩 상처만 늘어간다

당신이라는 내내 흐림

손목은 밤새 비에 젖은 창에 인화되고 있다

아름다운 환멸

꿈을 꾸는데 전화벨이 울렸다
꾸다 만 꿈들은 어떤 몸을 빌려 환생하나
네가 흘린 침에 온몸이
녹아내린다는 걸 알면서도
사랑을 버릴 수 없었던 거대한 코모도
독한 사랑의 중심을 밀어내는
저 벨소리

날이 흐린 것도 아닌데 사방이 어둡다
공격보다 방어를 먼저 배운 쥐며느리가
심장을 둥글게 말고 있다
나는 아직 양수 속에 웅크린 채
손가락을 빨고 있다
심장 가까운 곳에 모여든 기억
치자꽃은 여전히 치자꽃 흰 세월을 떠나보내고

나의 왼쪽 얼굴만 기억하는 당신
나머지 반쪽을 떠나보낸 먹구름

게릴라성 폭우가 쏟아진다는 소식이다

'나'라는 문장의 오류는 여전히
'나'라는 환멸에서 시작되고 있다

불편한 연애

거짓말은 꽤 많은 단추를 갖고 있다고 봐

그럴 줄 알았어, 하고 바람이 분다
간간한 두통은
절름절름거리다가
밤새 창문을 쥐고 흔드는 바람의 발바닥

피곤한 냄새는 왜 콧속이 아릿한 맛일까?

어디야?
숲 반대편 엉겅퀴 속,
사랑하는 사람들은 말이지
응, 말이라서 히이잉 하고 운다

불편해도 우린 수다스런 꽃으로, 그래 꽃으로
궁뎅이를 실룩거리며
서점 앞에 그렇게 고상한 척 서 있지 마

지나가던 두통이 밤새
침을 묻혀가며 책장 넘기는 소리

정물은 정물이 아닌 채로

비 오는 날
애인보다 차를 생각하며
가슴 철렁이게 될 줄은 몰랐다
잠을 자다 빗소리를 들었을 때
문득,
엔진에 묻은 물기들이 일제히 내 안으로
척척 들어서는 것이었다
큰비가 내리는 날에는
심장이 녹슨다거나
발바닥까지 뚝뚝 흘러내리는 물기를
닦을 수 없어 아침이 올 때까지
비를 맞았다

그림자가 생기는 쪽으로 사과는 굴러갔지만
우리가 그리는 그림엔 붉은 과즙이 없다
이별을 할 때 누가 나를 바라보는지
그 경계는 어디서 오는지
시간은 멀어지고 가까워지는 데 관심을 두지 않는다

정물은 정물인 채로

누구에게나 젖어야 할 때가 온다
생각을 허공에 두고
정물은 정물이 아닌 채로

동백을 꺾다가

잘 지내냐는 안부를 물어올 때
홧김에 절벽으로 뛰어내리고 싶었지
허공을 뒤집으면 공허해지는
봄이 오고 있었으니까

우린 서로에게 여전히 맛있을까
넌 엉덩이를 뜯어먹어
난 살점 없는 갈비를 뜯을게
얼마동안 풍경은 질리게 가쁜 숨을 뱉어내겠지

아무도 데리러 오지 않는 밤이었어
등이 가려워 손이 닿지 않는 곳으로
절벽을 알고 나면 꽃은 우스워져

붙잡을까손목을잘라버린너를

사랑한다 씨발―
목숨 걸고 뛰어내렸는데

아직,
허공이야

오늘의 연애 내일의 날씨

우리가 별이라고 믿었던 것은?

사거리엔 별다방이 있다 음침한, 삼거리엔 삼거리별이 오거리엔 오거리행성이 묻지도 따지지도 않는 우주는 늘 반짝거렸다 누워 있기 딱 좋은 방,

목요일이니까 네가 지나가지 않을 날씨를 알려줘 목성으로 해둘게 우린 어느 별인지도 모르고 천칭자리인지 전갈자리인지 너에게 행운이 있는 쪽을 선택해 주파수는 늘 흐린 쪽으로 흘러간다 점 하나로 이어진 어떤,

흐리거나 개인 목성이 연애의 전생이었다고 해도 빛을 내는 것들을 감출 수 없다 말할 수 없는 상처는 대체로 죄가 되어 밤마다 우박이 쏟아지면 맞았다 별들이었는지도. 우리가 눈물이라고 믿었던 그것은,

눈썹

날개가 초승달의 방향을 알고 있나요?
오늘은 하필 눈이 마주칩니다.
나는 이제 예전 당신의 나이가 되었습니다.
굶주린 배를 채우는 습성을 어둠이라 부릅니다.
한 땀 한 땀 핏물이
채워진 뒤에야 사라지는 욕설들,
사라지기 위해 태어난 저 달에게 묻습니다.
하필 눈썹을 가졌냐고,
둥글기를 포기한 새벽 세 시는 모서리입니다.
만나고 헤어지고 또 만나고 헤어지기를 반복하는 곳
인연은, 언제 스스로 달아날 수 있나요?
별빛은 소소소 사라지고
나와 고요와 침묵을 구분할 나이가 되었습니다.
어둠을 숨긴 달은 언제 손톱을 자를까요?

맹신의 자세

1.

여자가 죽었다.

외상도 없고, 스스로 목을 조르지도 않았다.

2.

마흔을 넘기면서

밤마다 브래지어를 벗는다.

열세 살부터 한몸이라 생각했던 것이

내 숨통을 조이며 경계를 드러냈다.

익숙하다는 건 집착이 시작되었다는 것.

발가벗은 몸에 단추가 하나씩 채워질 때마다

生은 닫힌 문을 열고 들어가도

은밀하지 않다.

언젠가 스스로 백기를 드는 날이 온다는 걸 알고 있었을까.

3.

버스 뒷좌석에 거짓처럼 앉아

차창에 비친 모습을 지켜본다.

서로의 입김 속인 줄도 모르고 합류지점을 지니고 있다.

서쪽 하늘

이별은 구름이 시작되는 곳
한쪽이 환해지면
다른 한쪽은 만년설 아래 북극곰과 물범의 거리
공장 굴뚝 붉은 이마를 꽉 채운
얼마나 높아져야 열아홉 벚꽃은 계절과 멀어지나,
가도 가도 건너갈 수 없는
눈물을 주워 담는 법이나 배울 것
거리, 훤히 들여다보이지만 익숙해서

코끼리가 커피콩을 먹고
커피콩은 다시 붉은 네 입속으로, 그러나
그밖엔 눈을 감을 것

너는 비어 있다고 쓰려는데
두통처럼 서서히 퍼지는 노을
명치끝이었다가 환한 옆구리였다가
한 번도 본 적 없는 묵직한 게 만져진다

세상에서 가장 비싼 블랙아이보리

그곳엔 네 커피가 살지 않는다

안개의 주소지

밤바다에 갔다
닿을 듯 말 듯, 안개의 수천 헛바닥
파도와 자맥질하는
너는 언제든 빠져나갈 준비를 하고 있다
물비늘의 깊은 모서리를 건너온 안개

그렇게 사라지는 사랑

물이 고인다
잠겨 떠나지 못하는 사람
우체통을 삼키고 공중전화를 삼키고
빠른 속도로 기억을 무너뜨리는 안개
버리고 간 시간들이 더 강하고
더 지독하게 뭉쳐진다

마침내 안개가 어둠을 먹고 슬픈 날은 또 슬프게 지나간다

왈칵,

그리고 선홍색 어둠의 주기가 온다
반복적으로 되살아나는

내 어둠에
깊은 안개가 고인다

연인들

둥글어지기 위해
어디든 굴러가야 하는
두 개의 덩어리,

한 사람의 영혼을 훔치려 한 적이 있다

발목을 내어줄게

한철의 연인으로 구르다 시궁창으로
흘러들어가는,

꽃몸살을 앓고 나니 겨울이다

눈이 내리고 한 사람을 보냈다

일요일엔 월요일의 두통이 딸려오고
모과의 영혼인 향기는
훔칠 수 없다

굴려도 닿을 수 없으므로
나머지 발목을 내어줄게

고요의 시원(始原)

헤어진 연인과 다시 만날 때
세상에서 가장 큰 고요와 마주칩니다
억수비가 쏟아지고 난 뒤 우주의 사위가
긴 잠에 빠져들듯이
마침 어둠은 소스라치게 시간의 십이지장을
지나가는 중입니다
미처 빠져나가지 못한 한숨이 길게
차창에 뿌옇게 합승할 때

무거운 침묵을 뚫고
장끼 식구들이 종종걸음으로 길을 건넙니다

서로의 뒤를 지켜보며 손 흔들어 주던 때가 있었겠지만 분명,

망막을 다친 사람처럼 우리는
눈을 마주칠 수 없습니다
어딘가에 하얀 빛을 숨겨두었다는 삼백초는
이파리만 무성한 초록입니다

한 무리의 고요를 떠나보냈습니다
후두둑,
견디지 못한 나무가 신호를 보냅니다
움찔, 먹구름 속
어떤 덩어리가 이제 막 깨어나고 있습니다

학습된 무기력

울지 않는 새가
또 하루를 건넌다

유리창에 매달린 밧줄
고통을 모르는 사람처럼 완강하다

어느 행성의 핼쑥한 이마에 매달려
실체조차 없는 그런 날씨들처럼

손톱 발톱이야 길든 말든
아프다고 말하지 않는 내가 어디든 살고

운명이라는 말은 일곱 바퀴 반을 돌아도
지구와 나의 관계에 아무런 영향을 주지 못한다

그러나 슬픔이었다고 가정할 만한 것들로
공중에
가득하다

새가 울지 않는 게
너무도 당연하다는 듯

시(詩)와 당신

저 가는 손목과 연애하고 싶어
잡으면 으스러질 것 같은
그 곁에서 목숨이라고 절망이라고
칭얼대던 신경들
결국 버릴 수도 안을 수도 없는 밤에
손목을 놓아두고
여전히 정해진 마감시간을 넘긴다

드라마에서 악역으로 나오는 연기자가
유명 출판사의 시집을 읽고 있다

가만히 바라보고 있으면
모든 사물은 잡았다 놓아버린 손목이다
봄에 만난 제비꽃도
여름 저녁의 로즈마리도
시든 손목을 어쩌지 못하고 자꾸
부서졌다
저녁이 그렇게 왔다

물끄러미,
저편에서 불어오는 바람을 잡지 않았다

그래도 되나?
시는 누가 읽는 것인가
당신을 누가 읽는가
지독하게 견딘 날들이 손목이 되었을까
떨리는 손목을 잡는 순간 시가 되었을까

바스락거리다 녹아버린
가는 손목
아, 눈이
눈물이 오겠구나

손과 손톱으로 가늠하는

손톱은 쑥쑥 자라는 일 말고는 할 일이 없다

하나의 기억을 나눠 가졌는데도
잡은 손은 어느새 유령처럼,

잘 반죽된,
뜯어먹어 전부를 즐겼던,
때가 끼고 주름이 늘어가는 연애

그런 손도 있었다
잡자마자 축축한 이별이 뒤따라왔던,
무릎 위가 젖어
평생 적당한 온도를 찾을 수 없었던,
심장으로 이어진 손이 뛰지 않아
곰팡이 같았던,

배가 고플 때면 온몸이 가렵다
손톱이 자라고 있다는 증거

아무도 몰래 손은 손톱으로 뻗어간다

다시 시작해, 그 위에 뭐가 있을지 모르니

사육하는 문장

자고 일어나면 수많은 꽃들이 피어나네
화면 가득 웃음을 흘리는 혼령들
자꾸만 버튼을 눌러달라고 헤프게 웃고 있네
좋아요 좋아요
버튼을 누르자 촉촉한 물기를 머금는 꽃들
아직 피지 않은 꽃들도 긴 모가지를 들이민다
좋아요 좋아요
발목도 내어줄게
좋아요 좋아요
같은 얼굴 다른 표정의 꽃들,
네 머리에 꽂은 상장(喪章)을 주워줄게
좋아요 좋아요
질투는 너의 힘
조금 서러운 표정으로 서 있어봐
좋아요 좋아요
나를 기억해줘, 나를 기억해줘
비 맞은 얼굴들이 사각사각 몰려들었지
좋아요 좋아요

임종을 마치고 돌아오는 길에도 너는 웃고 있었지

좋아요 좋아요

알 수 없는 소문들이 손가락 끝에서 굳어가는 동안

좋아요 좋아요

나 대신 죽어줄 수 있어?

좋아요 좋아요

네가 사막이 되어 사라질 때까지

좋아요 좋아요

버튼 뒤에서 모순된 존재들이 웃고 있었네*

---

*생텍쥐페리 『어린왕자』 중에서. "아, 꽃이란 얼마나 모순된 존재인지."

윤슬

간절한 문장을 쓰면 간절함은 힘을 잃어버린다

눈이 멀어 볼 수 없었던 이마,
푸른빛들이 지층으로 쌓일 때
윤, 슬, 슬아
일생을 데리고 살아야 할 문장은
어디에서 어디로 흘러가는가

오래 품었던 한 사람의 마음을
돌려보내기 위해 꼬박
십년이 걸렸다지
다시 십년을 살아야 하는 늪은
얼마나 깊고 아득할까
윤, 슬, 슬아,
바다로 돌아갈 수 없는 폐선에도
빛나는 순간은 있었다지

함부로 잡지 마라

물 위에 뿌려진 빛들은

이 生을 한번 지나간 적 있는 사람,

윤, 슬, 슬아

종종 구름은 물 아래 슬픈 얼굴을 내려놓고 사라져

이마에 새겨지는 주홍 글씨

그 빛에 눈이 멀지 말기를

언제쯤 말을 잊은 사람이 되어

윤, 슬, 슬아

그렇다고 치자나무

애인의 호칭을 부를 수 없을 때가 온다

잠이 잠을 달아나게 한다

달아나는 만큼 깊어지는 은유를 만나게 된다

은유는 아무도 모르게 자신을 숨기려 한다

알 수 없는 사체들이 강에서 발견되었다는 속보다

모두가 떠난 아침 커피 한 잔 속에 떠 있는

고요는 파문에서 시작된다

흔적과 자국은 사는 곳이 서로 다르다

누구의 잘못인지 못은 파문의 깊이로 늘 다툰다

녹슨 가게의 계보가 흘러가는 곳에

끝나지 않을 것을 미리 염두해 놓은 이별이 있다

한 사람이 손을 흔들고 다른 사람은 표정이 없다

어디에든 빠져야만 건너갈 수 있는

포개진 꽃잎 몇 장

고요의 모서리에 툭 떨어졌다

그렇다고 치자나무

제2부

동굴의 역사(歷史)

꽃이 다녀갔다. 이 문장을 쓰면 동굴이 몸 안으로 들어온다.

　시월의 모든 길은 당신에게로 뻗어 있다. 한 사람은 울고, 한 사람은 얼룩이 되었다. 고등어의 눈은 붉고, 순록의 피는 희다. 붉은 것과 흰 것의 뒤편, 발을 뻗으면 웃음은 한 평도 되지 않았다. 아무것도 하지 않으면서 밤을 보냈다. 새벽은 퍽 친절하게 창문 하나를 내어주었다. 새벽을 넘어 자연스럽게 흘러가 닿는 것은 이별. 끊을 수 없는 곡기처럼 다녀가신 당신, 절대로 좁혀지지 않는 섬과 섬 사이, 종종 등 푸른 바람은 비리고, 흰 구름은 절반의 진실만 흘려보냈다. 발을 뻗으면 어둠의 뒤편, 허공에 새겨 넣은 그림자가 만져진다.

이것은 당신의 이야기가 아니다

언제부터 보랏빛을 동경했을까.

열흘에 한 번씩 당신의 눈 밑에서 자라는 멀구슬나무. 12월의 눈발은 화투장에서 시작되었다. 깊은 어둠 속 멀구슬나무의 목이 한 뼘씩 길어질 때면 보랏빛으로 내달리던 사랑. 새벽은 날달걀을 굴리는 어떤 비의(悲意). 쩍, 쩍, 금 간 벽을 밥 짓는 연기가 덮었다. 검게 반들거리는 집, 점점 아랫배는 무거워져 갔다.

마당에 서 있던 멀구슬나무는 하필 보랏빛으로 피어났을까. 멀구슬은 먹구슬, 어린 염소의 까만 눈빛처럼 먹먹했다. 어릴 적 손톱은 보라에 가까웠다고 말하면 심장까지 어두워질까 봐. 당신은 매일같이 새벽이 오기 전에 짐승을 끌고 나갔다.

멀구슬나무의 긴 목이 잘리고 몽상은 끝났다. 유령 아닌 유령의 목숨으로. 결국 멀구슬 꽃잎 흩날리는 계절, 바람이 보랏빛으로 불었던가.

어둠이 혼자 중얼거리는 소리를 들었다. 유령 아닌 유령의
목숨으로.

수국수국

새벽에 안개를 심는다
축축한 보라가 몰려오는데
호적에 없는 줄도 모르고
꽃잎 점을 치는 연인들
펴·엉·생 웃게 해줄게
거짓말 같은 노래가 감미롭게 흐른다
네 눈에서 흘러내리는 빗소리가 좋았어
두 뺨에 보랏빛 얼룩이 스며들어
꽃이라는 문장이 사라진다

우리 삼백구만 년만 심심할까
한 잎 한 잎의, 헛꽃으로

상여가 꽃을 메고 간다
짧아서 아름다운 生에서
진짜였던 순간들은 언제였을까
숲은 도깨비들의 쟁론이 한창이다
꽃의 수평과 기울기에 대한 말들이

오고,

간다

흘리거나 흘리거나 뒤집어지는 각도는

안개에 비례한다

슬그머니,

꽃을 빠져나와 상여를 따라간다

숲이 온통 수국수국 하다

늦게 피는 꽃

사람들은 부지런한 꽃만 기억한다
셔터를 눌러대며
일찍 핀 꽃을 벌떼처럼 나른다
그 꽃나무 아래에서 무슨 일이 있었는지는
묻지도 답하지도 않으면서

누가 내 손금을 보더니
늦게 피는 꽃이라 했다
마음 한 구석이 뾰로통해졌다
철 지나 아무도 모르게 피는 꽃처럼
꽃놀이도 끝나고
상춘객도 다 돌아간 자리
놓쳐버린 말,
놓쳐버린 어깨,
놓쳐버린 길 위에서
붙잡지 못한 한 시절, 한 사람,
얼마나 더 기다려야 할까
운명이 불온한 선 하나 그어놓는다

내 손금 어디에 늦게 피는 꽃이 있어

나를

살게 하는 것인지

내 구두 속 엉겅퀴

마흔 번째 계절이 오고 나는, 복숭아뼈 사이
집으로 가는 길을 까맣게 잊어버렸다.

살아남기 위해 긴 혀를 가진 이들이
삐죽삐죽 얼굴을 내밀었다.
그들은 늘 바리케이드 위를 아슬하게 걸어 다녔다.
넘을 수 없는 선이란 없어.

자고 일어나면 소화되지 않은 날갯죽지들이 헛바닥에 박
혀 있다.
(사랑을 버릴 때
내 구두는 아주 소심하게
잠깐 구부러졌다.)

빨강을 먹으면 빨강이 되고
나무를 먹으면 나무가 되고
엄마를 먹으면 할머니가 되고
가시의 뿌리가 발바닥이라는 것을

몰랐다, 꿈속에서조차 숨겨야 하는 운명이 있다는 걸

사람들은 떠나고 다시 돌아오지 않았다.
발바닥을 타고 올라온 보랏빛,
제발,
날 좀 봐, 보라구!

하염없는, 분홍

발끝까지 나를 안다고 했나요?

날마다 조금씩 어두워지는데도 분홍이라고 읽는 당신

기차는 종종 레일을 벗어난다

리본이 달린 것들이 나 여기 있어. 나야 나, 오빠들, 내 이름이 분홍이야.

코스모스가 흔들리는 건 얼굴을 알아보는 오랜 습관

세상 어디에도 없는 당신을 찾아 구름은 또 흘러간다

기차가 레일을 벗어나는 건 자주 있는 일이다

불쑥 비에 젖은 발톱에 분홍 매니큐어가 칠해져 있다

피해의식

촉은 몸이 하는 말
여백이 많은 종이엔
종일 진눈깨비가 내린다

매일 쌓이는 이 고약한 마음을 어디에 버릴까
이미 관대한 죽음으로 넘쳐흐르는,
어디에도 있고 어디에도 없는
밟아도 죽지 않는 뿌리
여백이라 부를 수 있을까

아프다고 돌아누울까
등을 돌려도
변하지 않는 건 어디에도 없다
긴 여백에 구름 하나 흘러보낸다

아, 창문은 먹먹하고 막막해

꽃을 버린 저녁

바람이 불어
걷기 좋은 저녁
슬프지도 않은데 눈물이 났다
어디서 온 저녁일까
한쪽 눈썹만 그린 하늘이 붕붕
꽃 속으로 날아든다

꽃은 믿을 수 없는 물질
아침에 건너온 향기가
저녁엔 먼 데서 붉은 이마를 내민다
맨드라미가 화사하게 늙어간다
칸나도 나리꽃도 쳐다보지 않았다
제라늄도 저만치 밀어놓는다
이건 동그라미가 아니야

손바닥을 펴면 먼지가 바람에
동그라미를 그리며 사라졌다
꽃을 버린 저녁,

꽃이 없는 윤회를 견디기로 한다

등 돌린 저녁을 다시 걷는다

분꽃 귀걸이를 단 소녀

분꽃이 아직 피기 전
손가락을 꼭 말아 쥔 주먹 속에서
그러니까 웅크려 자는 버릇은
내가 모르는 나를 견디는 일

절대로 손바닥을 보여주지 않을 거야
부뚜막에 먼저 올라간 고양이는
발이 시렸을 뿐이야
아무리 밟아도 신호등 앞에서 만나는 걸
그래도 난 시간이 없어
수화기를 버리고 맨발로 뛰쳐나왔으므로
아직은 주먹,
유리조각으로 팔목을 긋기엔
분꽃이, 분꽃이 피어 있잖아

분꽃 귀걸이를 한
칠월을
무단횡단하고 있다

꽃을 안치다

사막은
가도 가도 꽃이었다
밥 대신 꽃을 안쳤다
꽃을 먹다 여러 번 토하기도 했다
당신의 어깨에 쏟은 꽃들
기다림 끝에 당도하는 사람 하나쯤
가져야 한다고
싱싱한 발목을 모래 위에 내놓았다
가도 가도 꽃이었다
흰 꽃들이 무더기로 늘어났다
뜨거운 것들의 내부는 얼마나 차가운지
하지 말아야 할 말들만 씹혔다
모래 위에 뱉어낸 꽃들
시들어버린 발목을 숨겼다
가도 가도
너라는 사막을 다 건널 수 없다

굿바이, 4월

한바탕 홍역을 치른 거리엔
바람에 찢긴 날개들
이봐요, 이봐요,
그렇게 바닥은 꽃을 불러 모은다
스스로 뛰어내리는 구름을 본 적 있니?
바람만 불어 봐요,
스스럼없이 드러눕는 붉은 입술
전생에 뱀이었을지도 모를
구름이 스르르
꽃으로 뛰어내리는, 젠장

새벽녘에 앓아누운
제비꽃,
비둘기들이 느린 한 발로
구애를 한다
꾸르륵 꾸르륵
안개가 저물고 날개는 저릿저릿
더 이상 펴지지 않는 걸요

구석으로 내몰린 시간들 가려운,
눈물

바닥만 보고 산다,
기어서라도 살아남아야 할 이유
웅덩이에 패인 빗물처럼 철퍼덕,
눈도 귀도 닫아걸고
날아오르기 위해선 바닥을 먼저 알아야 한다는
긴 꼬리의 행렬
겨우 호흡만 가진 발톱을 세우고 지상을 밟고 간 흔적
그건 너무 뻔하잖아

굿바이, 날개
바닥만 아니라면

유도화라 불렀다

아침을 먹는데
생선가시가 목을 찌른다
오후엔 비가 온다고 했는데
계란 흰자를 삼키자
비 냄새가 종일 손목을 떠나지 않는다
가시가 지나간 길목엔
위험한 가로등이 서 있다
온종일 서 있어도 나타나지 않는
당신처럼,

대나무에 복숭아꽃이 핀 것을 보았다,
기억은 기억을 믿지 못한다
얼굴만 아는 여자는 가려운 생의
어느 부위였을까
무지개를 잡으려고 발목을 꺾어야 한다면,
나쁜 기억 속에 서 있는 가로등은 자주
기침을 뱉는다
신호가 잡히지 않는 주파수처럼 징징대는

당신의 여자,

분홍은 손이 닿지 않는 거리
독을 짓는 일이 쉬워진다
내 몸에 쌓인 가시들
유도화
기어이 칠월을 품는다

습지의 기억

오랫동안 말을 참았다
눈부신 날들을 집어넣었다
모르고 내딛은 하나의 심장
평생 절박(切迫)을 끼고 산다

물 밖의 심장들 점점 가벼워지는 것이
죽음이라고 말하는,
풀잎은 언제나 아슬한 영혼을 품는다
한번 들어가면 평생 빠져나올 수 없는
고통의 내부는 환희로 가득하다
두통으로 헹궈낸 마침표 없는 문장들,
깊어질수록 가을은
녹아내린 햇살에 눈을 찔리고

약속이라는 긴 거짓말 끝에
갈대의 시간은 가을로 피어난다
흰 머리칼 쓸어 넘기는, 검은
물빛의 계절이다

먼 옛날의 날개

　명왕성은 젖은 귀를 말리는 소라의 은유. 파도가 귓속까지 밀려와 노래한다. 대체 언제까지 명왕성만 바라봐야 해. 입술과 마음은 다른 거라고 보이지 않는 명왕성을 바라보며 말했다. 속눈썹이 무게를 가질 때 스르륵 빠져나가는 두 개의 허물. 뜨거운 태양의 주위를 수없이 돌아도 뱀이 돼서 돌아가지 못한다. 밝아서 어두운 것들이 늘어간다. 내 안에 쌓인 길 잃은 먼지들이 수위를 넘어 명왕성으로 간다. 명왕성은 태양의 먼먼 미래. 먼지는 떠도는 것이 아니라 어느 옛날의 날개. 눈앞을 휙 하고 지나쳐가는 그 무엇이 명왕성이라고 말했던가. 내 곁에 몇 번이나 왔다 갔을까. 명왕성을 모르고 먼 옛날의 날개를 모르고 동그라미만 그리다 사라지는.

멀구슬나무의 전생(轉生)

십 대의 창문엔 멀구슬나무가 살았다.
늙은 구렁이도 함께 살았다.
멀구슬나무에 똬리를 틀고
천천히 보랏빛 꽃을 뜯어먹었다.
가끔 창밖으로 눈이 마주칠 때면
나를 빤히 쳐다보았다.
독(毒)을 키우고 있다는 사실을
눈치라도 챈 듯 물끄러미
몸속으로 스며들곤 했다.
우린 독을 나눠 가진 사이,
겨드랑이에서 보랏빛 멍울이 만져졌다.
기억의 유전자보다 먼저
기억을 발설하는 몸이라서
살아야 할 이유가 허물을 벗고 빠져나갔다.
십 대를 지나면 훌쩍 사십 대가 된다
머리보다 꼬리를 들이미는 일들이,
직선보다 곡선으로 돌아가는 일들이,
아무래도 늙은 구렁이 탓인 듯했다.

어쩌면 내가 멀구슬나무였을지도 모를,
지독한 보랏빛이

11월

11월을 읽는다
이름보다 내 몸이 아름다운

바람을 접어 태백에 가고 싶다는 생각을 한다
아는 이 하나 없는
화려한 날들이 잠깐 꿈결에 스치다
이내 고개 젖힌 어둠의 끝물
태백은 어느 한쪽이 덜컹거리는 부위
너는 나의, 나는 너의 어떤 어둠이었을까
잠시 초승달의 이름을 빌린다
하루를 사는 데도 오늘밤 침대 밑에선 수상한 꽃이
맥주 캔을 따고
잘근잘근 날 데려온 바람을 씹어댈지도 몰라
물컹, 태백은 크고 넓어 어둠만이 소스라치고
초승달은 그저 뾰족한 나머지를 기억하고
눈을 감겠지

가령,

11월은 자궁 없이 태어난 아이

태백은 태백의 목소리를 들을 수 없다

채송화처럼

노을 앞에서
꽃은 입을 닫았다
어디서든 뿌리내릴 수 있다고
큰소리 뻥뻥 치던 막내삼촌
식구 중에서는 제일 못났다고
할아버지께서 입버릇처럼 말했지만
얼큰하게 취한 가로등 아래에서
순하디순한 눈빛은 숨겨지지 않았다
눈에 띄지 않는다고
꽃을 피우지 않는 건 아니라고
마당 한 구석에서 입을 닫았던
채송화가 조근조근 따진다
막내삼촌이 집을 떠나던 날
채송화 꽃씨를 한 주먹 따다
마당 한가운데 쏟아부었다

봄, 나쁜 년

아무런 소식도 전하지 않았다. 전화도 받지 않았다. 땅꽃들이 피고 있었다. 녹지 않은 먼 산을 봄 햇살이 바라보며, 끝내야 할 서류뭉치들은 말이 없었다. 두 번째 전화가 왔지만 받지 않았다. 침묵은 왜 하필 두 개의 얼굴을 가졌나. 멍하니 마른 풀잎들이 버석거리는 소리를 들었다. 풀숲 너머로 나쁜 년이라는 소리가 들려왔다. 세 번째 전화벨이 울렸을 땐 새벽 내내 기침을 쏟아낸 뒤였다. 감기약이 듣지 않아 수면제를 먹었다. 베개 밑에서 엄마를 떠올렸다. 손가락이 있고서야 뚜뚜뚜우 가족이라는 이름의 수신호엔 언제나 잡음. 나는 달팽이다, 민달팽이다. 내 집은 어디인가. 내 이마를 쓸어주던 봄은 어디로 갔나. 아지랑이처럼 걸어가는 너는 누구인가. 봄이 피곤한 얼굴로 사라지고 있다.

명랑사발면

너무나 고독한 나머지
24시 편의점에서 명랑을 샀다
한 사람을 집어넣고 뜨거운 물을 붓고
기다린다, 3분
만나거나 헤어지거나
길들여지지 않는 저녁의 어둠이거나
비린내를 모르는 고등어거나
명랑의 뚜껑을 연다
후루룩 후룩 후루루
데자뷔처럼 언젠가
면발 앞에서 한없이 훌쩍이던
너를,

더 이상 건질 것 없는
젓가락질
국물을 버린다
마침내 쏟아버린다

먼발치서
명랑을 봤다

미로역

꽃을 놓쳤다. 기차는 좀처럼 오지 않았다. 소설이었지 아마, 소실이었을지도 몰라. 멀어서 아름다운 곳, 폐허가 꿈이 되어 강원도 삼척을 넘는다. 너무 멀어서 이별은 가까운 곳. 소설이었지 아마, 분홍여뀌가 흔들거릴 때 얼른 화장을 고쳐요. 사랑과 이별은 아주 흔한 향기, 그러니 창밖으로 고개 돌리지 말아요. 일 분마다 자라나는 욕망은 달걀보다 뽀얗고 오징어다리처럼 늘어지죠. 마음을 줍지 못했다면 그 역에서 진탕 화전놀이나 하세요. 한 사람만을 남겨두는 역. 혀끝에서 부드러운 바람이 지나갔나요? 겨울인데 꽃잎이 분홍거렸나요? 기차는 자주 덜컹거릴 거예요. 분홍여뀌가 흔들릴 때쯤 바람은 방향을 바꿀 테니까요. 어차피 예견된 이별인 걸요. 한 계절 피다 지는 꽃처럼 쉬운 일인 걸요. 꽃이 상처로 스미기도 전에 눈물은 이미 말라 있을 테니까요. 그러니 이별을 할 때마다 한 권의 소설이 당신의 책장에 꽂힌다는 걸 알더라도. 소설이었을지도 몰라. 소실이었거나.

제3부

객관적인 세렝게티

빤스 얘기를 하려면 세렝게티에 있는
동네 목욕탕엘 가야 한다
아무 데나 걸터앉아
물 한 바가지 붓고 나면
구역이 확실해지는,
바닥에 엉덩이를 깔고 앉아
삼십 년 빨래 실력을 자랑하는 여자는,
빤스의 기억을 지워가기 시작한다
여자의 엉덩이처럼 알뜰한 비누거품이
조용히 길을 만들고,
이제 강을 건너야 할 시간
한 번씩 누군가
불안하게 울어대는 한증막은 만석(滿席)이다
얼룩말이 꽃을 다 뜯어먹을 때까지
철없이 말라갈 것이다 빤스는,
빤스 뒤에 숨은 이력이
모래시계 안으로 슬슬슬 쏟아지고 있다

하나님의 여자

칼국숫집 문을 밀고 중년의 여자가 들어선다 겨울인데 봄을 입고 있는 여자, 운동화를 반쯤 벗어난 발, 허공을 향한 눈동자, 하나님 말씀을 들어보렴, 들리지? 그럼, 사랑은 언제나 오래 참는 거지 네 발바닥이 새까매질 때까지 놀이터에서, 저녁이면 문을 꽁꽁 잠그고 하나님을 기다려야 해 믿는 것만큼 어리석은 일이 어딨냐고? 불안해하지 마 하나님이 곧 우리를 데리러 오실 거야 기다려도 오지 않는 사람, 아버지가 어디 계시냐고? 하늘에 계시잖니 칼국수보다 먼저 자판기 커피를 뽑아 마시는 여자 너는 뿌리가 없어 곧 허물어질 거야 하나님은 알고 계시거든 양 많은 칼국수가 나왔다 방에서 나오지도 않고 듣지도 않고 어쩌란 거니 하나님이 보고 계시잖니 면발이 불고 있다 여자의 어깨가 통통 붇고 있다 내가 모르는 저 여자는 누구인가 아득한 곳에서 지워진 발자국 소리 뽀얗게 우러난 국물을 들이키며 그 여자, 웃는지 우는지.

다시, 풀밭 위의 식사

온탕 속의 그녀가 출렁, 아무렇지도 않게 식사를, 마네는 언제 공중목욕탕을 다녀갔나 출렁, 풍만한 몸매를 요염하게 웅크린 채 요구르트를 떠먹으며 출렁, 아아 사포로 문지르고 문질러도 다시 돌아갈 수 없는 반짝거림이 출렁, 깨진 유리 파편들이 아무렇지도 않게 물빛으로 출렁, 그녀는 날마다 목욕탕으로 소풍을, 휘파람 불며 출렁, 날마다 똑같은 포즈로 출렁, 욕탕에 어른거리는 식사를 출렁, 살은 살끼리 생각은 생각대로 전생을 본 것처럼 출렁, 영혼을 팔아버린 세월이 출렁, 마시고 죽은 이들이 욕탕에서 때를 불리며 출렁, 풀밭보다 더 온화한 남자들이 그녀를 훔쳐보다 출렁, 퉁퉁퉁 불어터진 살들이 하루를 탕진하느라 출렁, 혀를 내민 그림자들 욕탕에 가득 떠 출렁.

염소의 시간

내 몸의 나사들이 느슨해지면서
바람이 드나드는 문이 생겼다.
문틈으로 염소가 수시로 울어댄다, 바람을 타고
긴 손가락으로 노을의 외피를 긁어대는 억새들,
왜 들판에서 파스 냄새가 날까?
일곱 번째 아들을 낳기 위해
자궁은 이십 년 동안 쉬어본 적이 없다.
틈만 나면 염소가 옆구리를 들이받아
엉치뼈는 허리 위를 치고 올라갔다.
멀리 지구 한 축이 기울어진 채
걸어오는 엄마,
어디선가 염소 울음소리가 들렸다.
파스 한 장이면 이마의 주름이 환하게 펴지는
억새들,
노을의 이마를 긁어댄다.
뼈가 닳아 없어지는 것도 모르고
기우뚱 걸려 있는 엄마,
염소는 여전히 엄마를 따라다닌다.

뼛속 깊이 박힌 주름까지 펼 것 같은
파스 냄새가 가을보다 짙다.

레이스의 생각

레이스가 달린 브래지어와 망사팬티를 샀다

내 안을 사는 여자를 놓쳐버리기 전에
꼭 한 번쯤 사고 싶었던 것들
이미 소용이 없어졌다는 걸 알지만
햇볕을 보는 일도 없이 저 혼자
옷장 구석 허물처럼 누워 있겠지만
속옷은 은밀한 길들로 가득한 곳
바라보기만 해도 황홀했던 사람처럼
무수한 망설임으로 절개선과
가슴골을 드나들던 가뭄들
목젖을 타고 끝내는 삼켜야 했던
긴 목마름
레이스와 망사의 기능은 딱 거기까지

몸에 익숙해진 뽕 없는 브래지어와
헐렁한 팬티가 여름 한철
헐렁히도 말라간다

한 평의 세계

한 평 남짓 화장실에 사는 여자는 변기 위에서 밥을 먹고 그 옆에서 잠을 잔다 여자는 행복하다 두려운 것이 없다 마음을 가두기에 딱 알맞은 공간이다 아무 생각 없이 하루가 지난다 여자는 날마다 벽과 이야기한다 벽은 조금씩 여자가 있는 곳으로 다가왔다 벽도 사람이 그리웠다 서로 기대는 사이 여자도 어느새 딱딱하게 굳어간다

한 평 남짓한 방에서 다섯 식구가 잠을 자던 때가 있었다 불을 때지 않아도 겨울을 날 수 있었다 우리가 그 방을 벗어나기 위해 밤마다 질 나쁜 솜이불을 뒤집어쓰고 울 동안마저 소공녀와 알프스 소녀 하이디를 읽었다 언젠가 돈 많은 사람이 나타나 우리를 데려갈 것이라 믿었다 꿈은 꿈으로만 환생할 뿐 그 방을 나온 뒤로 소공녀와 하이디는 잊혀졌다.

시 쓰는 데 한 평이면 족하다 면벽수행을 하며, 세상 근심을 내려놓으며, 도망치고 싶어도 도망갈 수 없는 시간을 가졌으니, 한 평 안에서도 우주의 먼지는 수북이 쌓인다.

골목의 오해

이제는 잊어도 좋았다
저녁이 되어도 이름이 불리지 않던
그 골목
아이들이 모두 돌아가고 나면
달빛이 환부를 스치는 소리
깨진 별들이 창문을 기웃거렸다

골목 안집 노총각이 여자를 데리고 왔다
나이가 좀 있긴 해도 살결이 고왔다
처음으로 우리에게 얼음과자를 입속에
하나씩 넣어주었다
얼마 안 가 죽을 거라는 소문이 돌았다
천천히 녹여 먹고 싶은
골목은 안쪽부터 어두워졌다

자연시간에 전기회로를 배웠다
식물의 뿌리에도 불을 켜는 회로들이 있다고
믿었던 적이, 그랬었나?

회로처럼 엉켜 있던 골목에서 멀리서 깜빡거리던
불빛과 마주친 적이 있었지 아마,

골목은 스스로 빛을 내고 어두워지는 방법을
알고 있다

빛의 기원

1
오늘 아침
엉겅퀴 한 다발이 배달되었다
아무도 모르는 먼 빛 하나가 또
지구에서 사라졌다는 소식이다
세상 모든 빛들은 어디로
어디로 소멸하는지
내부의 통증을 숨긴
산란에 눈이 멀었던 적이 있다

속과 겉이 다른 하루가 저물다 지쳐
발톱을 내민다
오래전 증오하던 사람들도 늙어가고
통증은 통증을 잊은 채로 환원된다

2
8월은
꽃잎을 말아 쥐고 잠들고 싶은 달

봉선화 꽃잎으로 상처를 칭칭 동여매고
고통이 희열로 바뀌는 순간처럼
지구를 모르는 다른 별 사람처럼
하늘로 혹은 땅으로 쏟아지다
쏠리는,
그 끝에 매달린 자줏빛 손톱

상처들이 하나씩 이 별로 돌아온다
깨진 손톱들이 반짝거린다

겨울, 호근동

창밖은 한 달 내내 긴긴 어둠
커튼을 내렸다
밤새 금홍을 부르며
잠이나 자자는데
자꾸 어두운 데를 긁어대는
호근동으로 가자

큰 눈이 내린다는데 눈사람은
아무도 안지 못한다
어둠을 안은 들고양이의 울음소리
바깥은 바깥 유리의 일일 뿐
도마뱀을 닮은 고래의 무덤을 찾아
호근동으로 가자

정류장은 없고
감이 붉다 붉다 지쳐
12월이 통째로 익어간다
이제 그만 내려놓자고

버티는 것만이 사랑은 아닐 거라고
마르지 않고 흐르는 속골을 찾아
호근동으로 가자

커튼을 내려도
금홍은 긴긴 시간 화장을 고치고
어둠은 또 다른 상처로 기록된다
해를 등지고 앉아 긴 머리카락을
늘어뜨리는 도시의 민낯
소멸하는 겨울은 유리 바깥의 일
가자, 호근동으로

미끄러지는 무늬

　무엇보다 민망한 순간은 몸을 놓쳐버렸을 때 욕실은 자주 민망한 순간으로 기록된다 깊은 눈빛을 가진 거울이 물끄러미 지켜본다 수없이 미끄러진 이력들이 물때처럼 끼어 있다 손금의 방향은 누가 정하는지 간신히 벼랑 앞이다 늪에서 평생 돌아오지 못한 한 사람이 거기 누워 있다

　표범은 이제 자신의 무늬를 믿을 수 없다 점박이무늬를 사랑한 사람들로 종족은 사라졌다 자신의 어미와 근친상간의 교배를 해야 했던 참혹한 기억 네 무늬로 무얼 할 수 있겠니 나무들이 길을 떠났으니 너도 그만 내려와야지 미끄러진다는 건 너를 잘 알고 있다는 증거 내 무늬에 내가 죽어야 하는,

　전생이 바람의 방향을 바꾼다 거울을 뒤집어 돌아온 길을 지운다 손금은 밤마다 비어 있는 쪽으로 은밀하게 미끄러진다

너를 놓칠 때

종일 그런 날이 있다. 커피를 내리다가 커피가루를, 쏟은 가루를 닦다가 그 위로 어깨가, 닦을수록 흩어지는 구름. 커피를 마시려다 잔을 놓친다, 커피를 닦다가 와르르 심장이 무너진다, 깨진 눈물을 다시 엎지른다. 당신은 산산조각, 아무 일도 일어나지 않았다.

순식간에 모든 일들은 일어나고 사라진다.
하염없이 버스를 기다리다 정류장을 옮겨간 걸 모르는 시간처럼

내 앞으로 걸어올 때 표정 없이 지나쳤던 당신이
쏟아버린 바닥 같아서
내내 버스정류장을 기다리다
죽을 때까지 사랑한다는 말은
죽을 때까지 증오한다는 문장

저녁은 어디서 그렇게 피멍이 들어오는지

아침에 쓴 시

한번 잊어버리면 영영 돌아오지 않는 문장
밤의 혼령들이
문장의 기억들을 모조리 먹어치워
살점 없는 뼈다귀들만 허공에 가득 쌓일 때

꽃으로 문장을 쓰고 나면
온몸에 푸른 멍이 가득했다

고통의 가장자리로 문장을 만들 때
이별은 가장 아름다운 순간으로 기록되는지
소나기가 어디서 오는지 알게 되면
사라진 문장들은 기억을 가지게 되는지
가만히 들여다보면
아침은 문장이 되지 않는
어떤 얼굴이다

불온한 바람

바람은 여성명사
차창 밖으로 손을 내밀면
물컹한 젖무덤이 만져진다
시속 40km에서는 A컵
시속 60km에서는 B컵
시속 100km가 넘어가면
한 번도 가져보지 못한 C컵의
팽팽하게 부풀어 오른 가슴의 무게가 안겨온다
어느 날은 멈춰 서서 고요를 기다리다
기억을 놓아버린 사람처럼
바람은 바람을 삼킬 때도 있다
쿨럭, 뱉어낸 파지들
한 잎 눈썹 위에 얹어지다
무거워진 속눈썹을 버린다
화장을 지우고 가슴의 뽕을 빼고
늘어진 속살을 드러낸 여자가
저기 바람 한 점 없는 날을
걸어온다

먹구슬 피던 집

마루는 한여름에도 그늘이 깊었다
먹구슬나무가 새파랗게 살아 있던 시절
아버지의 못다 핀 세월은 마루에서
늘 반질거렸다

멍울을 감춘 꽃에서 석유 냄새가 났다
불을 지르고 떠나겠다던 자식은
보리짚단을 태우더니 말을 잃었다
먹구슬*이 굴러간 자리
짓이겨진 보랏빛만 어지러이
아버지는 언젠가 먹구슬나무를
자르고야 말겠다고 입버릇처럼 말했다

식구는 늘 허기를 먹고 자랐다
살기 위해 서로가 서로를 먹기도 했다
새끼염소의 눈동자를 들여다보다
어미염소의 고삐를 풀어준
그해 여름에도

먹구슬은 낭창한 보랏빛으로 흩어졌다

식구들은 차례로 마루를 버렸다
아버지는 먹구슬나무의 밑동을 싹둑
잘라버렸다
그늘을 삼킨 마루는 검은 빛이 돌았다

---

*먹구슬: 학명은 멀구슬나무, 제주도에서는 먹구슬이라 부르기도 했다. 5월에 꽃
이 피고 주로 남쪽 지방에서 자란다.

블랙프라이데이

문을 열자
수십 개의 창문이 한꺼번에 열린다
닫을수록 수를 불리는 창문들

마지막 바겐세일로 올가을을 팝니다
잠깐 기웃거리자
지난겨울 재고까지 우르르 쏟아진다
미련한 보풀로 얼룩진 스웨터
목만 길어진 갈색 부츠
살 냄새를 맡은 지 오래 캄캄해진,
창을 닫을 때마다 끈질기게 벽을 타고
또 다른 창문을 찍어낸다
자신을 팔아넘기기 위한 저 집념의 사투

부츠의 긴 목으로 무엇을 할까
지나치게 흐려지는 한쪽 어깨
보풀로 된 계절을 입는다
만나지 말았어야 할 사람처럼

재고는 한 번도 정리된 적이 없다

이 계절엔
로그아웃

들어가지 마십시오

마니산 중턱의 정수사(淨水寺)
한겨울에도 모란과 연꽃은 시들지 않고
얼음장 아래로 흐르는 물소리를 듣고 있다
들어가지 마십시오
꽃살문 아래 새겨진 저 맑은 고딕체
겨울 산처럼 하얗게 얼어붙어
발을 뗄 수가 없다
모란에 나비가 없는 것은
진흙에 발을 헛디딘 기억
기다리고 기다려도 끝나지 않은 인연처럼,
새벽은 저녁의 허물을 덮으며 오는 것
날마다 모란 날마다 연꽃이었던 당신은
왜 저 문 안에 계십니까
부처는 보이지 않고
모란과 연꽃만이 깊은 어둠 속에서
가부좌를 틀고 있을 것 같은,
들어가지 마십시오

콩국이 끓는 시간

콩국을 끓인다. 가장 추운
연애의 마지막처럼 비릿하고 은밀한 빛깔,
적당한 온도란 얼마나 하염없는 기다림인가.
어디로 가야 운명을 만나게 되는지
우연을 알 수 없다, 오래 끓을수록 자주
절망을 끌어안을 때 사랑의 부피는 정해진다.
채로 썬 무와 콩을 갈아 넣는 것
단순해지기 위해 나는 너에게 몸을 허락했고,
점점 비릿한 것들이 섞이고 섞여
단단했던 기억들이 지워진다.
콩국은 누구나 끓일 수 있지만 아무 때나
끓일 수 없는 것.
흘러넘치는 것만으로도
바닥은 순식간에 이별을 기억한다.

겨울이면
비릿한 네가 내 안에서 끓고 있다.

순한 세상

개를 보면 발로 차고 싶었네

고양이 눈을 빤히 쳐다보며 겁을 주었네

얌전한 개가 부뚜막에 올라 기어다니고

고양이처럼 우는 아이를 낳았네

개와 고양이가 만든 한 세계가

조용히 완성되었네

불화(不花)

지나간 모든 시절에 꽃이 있어
지나치는 꽃마다 한 사람 들어앉아
하늘하늘 웃는다

얼마나 꺾어서 버려야 할까
여린 입술을 박박 문지르고
간절한 눈빛마저 외면하고
없는 죄를 물으며
불편도 사랑이라고 우기는,

가슴이 뛰지 않는 밤을 기다린다
한 사람을 꽃 속에 붙박여 놓고
모래시계는 슬금슬금
내 안으로 쏟아졌으니

불화의 힘으로 불화를 견딘
이런 꽃 같은,

섬

살구가 먹고 싶었던 적이 있다
한 번도 본 적이 없는 살구는
살짝 깨물면 낯선 구름이 입안 가득
줄줄 흘러내릴 것만 같았다
하지만 살구는 너무 멀어서 가질 수 없었다
어떤 맛일까 궁금해서 잠이 오지 않는
밤을 보내기도 했다
그래도 살구를 먹을 수 없었다
내가 모르는 먼 곳에 있었으니까
섬은 그런 곳이다
살구를 모르는 곳
처음으로 살구를 사먹게 되었을 때
시지도 달지도 않은 그저 밍밍한 맛이었다
멀어서 가질 수 없는 것
섬을 떠나도 섬으로 돌아올 수밖에 없는
사람이
곧 살구라는 것을 알게 되었다

빛 속에서만 가능한 일들

장은정(문학평론가)

1. 비(非) 정물

시를 읽는 동안만큼은 세계가 잠시 멈추는 것처럼 여겨지는 건 어째서일까. 물론 이때의 멈춤이라는 것은 도로 위를 질주하던 자동차들이 일제히 멈춰서는 것과 같은 일을 염두에 두고 있는 것은 아니다. 아마도 그건 세계를 바라보고 있다고 여기는 동안에 허락되는 경험의 특이성이리라. 실내의 커다란 유리창으로 바깥을 바라보는 일에 푹 빠진 사람은 무엇을 보고 있는가. 자신의 눈앞에 펼쳐진 세계를 바라보고 있는 것처럼 이해되기 쉽지만, 사실은 그동안에도 분명히 존재했겠으나 이제야 새롭게 인식된 세계를 보고 있는 것이다. 그러니 그가 보고 있는 것은 자신이 기억하고 있던 세계와는

다르게 감각되는 경험 그 자체라 해야겠다. 시를 읽는 동안 잠시 세계가 멈춘 것처럼 느끼는 일의 본질 역시 여기에 놓여 있다. 물론 우리가 시를 읽는다 한들 세계는 무관하게 계속 움직이고 있을 것이지만 우리는 잠시 알고 있던 세계가 아닌 알고 싶은 세계를 경험한다. 이 경험 속에서 진정으로 멈추는 것은 우리 자신의 앎이 아닐까.

세계의 멈춤을 경험하는 일에 대한 이야기로부터 이 글을 시작한 것은 김효선 시인의 많은 시편이 정지되어 있는 것과 운동하는 것의 복합적인 관계 속에서 세계를 읽어내는 것에 능숙하기 때문이다. 「정물은 정물이 아닌 채로」와 같은 시편은 어떠한가. 제목에서부터 전면적으로 제시되어 있듯, 정물이란 움직이지 않는 사물을 지칭하는 것이지만 그러한 정물이 "정물이 아닌 채로" 있는 순간에 집중하고 있다. 정지되어 있는 것처럼 보였던 것이 이전의 앎이라면 사실 한순간도 정지해 있지 않았음을 새롭게 경험하는 순간이 핵심적이다. 흥미로운 것은 정지된 것의 내부에서 격렬히 운동하는 것을 읽어내기 위해서는 읽는 자가 우선 멈춰야 한다는 점이다. 쉴새 없이 움직이는 것들의 매순간을 면밀히 잡아내기 위해서는 유리창에 코를 박은 채 완전히 멈춘 채로 몰두하지 않으면 안 되는 것이다. 좀 더 상세히 읽자.

비 오는 날

애인보다 차를 생각하며

가슴 철렁이게 될 줄은 몰랐다

잠을 자다 빗소리를 들었을 때

문득,

엔진에 묻은 물기들이 일제히 내 안으로

척척 들어서는 것이었다

큰비가 내리는 날에는

심장이 녹슨다거나

발바닥까지 뚝뚝 흘러내리는 물기를

닦을 수 없어 아침이 올 때까지

비를 맞았다

그림자가 생기는 쪽으로 사과는 굴러갔지만

우리가 그리는 그림엔 붉은 과즙이 없다

이별을 할 때 누가 나를 바라보는지

그 경계는 어디서 오는지

시간은 멀어지고 가까워지는 데 관심을 두지 않는다

정물은 정물인 채로

누구에게도 젖어야 할 때가 온다

생각을 허공에 두고

정물은 정물이 아닌 채로

―「정물은 정물이 아닌 채로」 전문

비가 쏟아지는 밤, 실내에서 곤히 잠들었던 화자는 빗소리에 잠이 깬다. 밖에 세워둔 차를 걱정하는데, 흥미로운 것은 걱정과 동시에 화자 자신이 자동차가 된 것 같은 일이 벌어진다는 점이다. 다음의 구절을 읽고 있으면 마치 비를 맞으며 서 있는 차가 스스로 화자가 되어 말한다는 느낌이 든다. "엔진에 묻은 물기들이 일제히 내 안으로/척척 들어서는 것이었다/큰비가 내리는 날에는/심장이 녹슨다거나/발바닥까지 뚝뚝 흘러내리는 물기를/닦을 수 없어 아침이 올 때까지/비를 맞았다" 물론 이 시에서 화자와 자동차는 선명하게 분리된 채로 상황이 설정되어 있지만, 화자가 어떤 대상을 걱정하는 마음은 화자를 잠시 그 대상의 심정이 되도록 변화시킨다. 그 과정 속에서 가만히 멈춰 있는 것처럼 보이는 것들이 사실은 그 대상의 외부에서 거리감을 갖고 판단했을 때의 일에 불과하다는 사실이 가만히 드러난다.

이러한 시적 사유 덕분에 2연이 가능해진다. 정지한 채로 제자리에 놓여 있는 사과를 캔버스에 그대로 옮기고자 한다면, 그리하여 옮기는 과정 속에서 사과의 본질이 드러나야 한다면, 화자는 겉으로 보이지 않기에 그릴 수 없는 것이야말로 사과의 본질이라 여긴다. 그런데 이때의 보이지 않는 것은 '내부'를 지칭하는 것은 아니다. "우리가 그리는 그림엔 붉은 과즙이 없다"는 구절에서의 "붉은 과즙"이란 단순히 사과의 내부를 지칭하는 것이 아니라 사과에 피가 도는 것처럼 지금의 사과가 붉게 익어가도록 만들었을 그 모든 활동성을 뜻한다. 그런데 중요한 것은 사과의 본질에 대해 고민하는 일이 나 자신에 대한 새로운 인식을 이끌어낸다는 점이다. 사과가 이 세계를 이루는 하나의 대상인 것과 마찬가지로, 나 자신도 세계를 이루는 한 대상이며 타인에 의해 정지된 사물로서 규정될 수 있다. "이별을 할 때 누가 나를 바라보는 지/그 경계는 어디서 오는지/시간은 멀어지고 가까워지는 데 관심을 두지 않는다/정물은 정물인 채로"와 같은 구절은 이별의 상태에서 '나'가 타자에 의해 규정되는 고정된 사물로 여겨진다는 점을 자각하는 부분에 핵심이 있다. "그 경계는 어디서 오는"가. 정지된 것처럼 보이는 일과 그러나 끊임없이 활동하며 한순간도 정지하지 않은 채로 있는 일의 경계는 오로지 대상을 대하는 타자의 태도에 의해 규정된다.

그렇다면 "누구에게나 젖어야 할 때"라는 것은, 나 자신도 타자에 의해 전혀 상반되는 두 존재로 이해될 수 있는 여러 가능성을 가진 대상으로서, 정지된 것처럼 보이는 대상의 내부를 상상함으로써 스스로 그 활동성 자체가 되어보는 일이라 해야겠다. "정물은 정물인 채로" 이해받는 존재가 다른 대상을 "정물은 정물이 아닌 채로" 이해하게 될 때 일어나는 일은, 타인이 나를 '정지된 존재'로 규정짓는 일에게서 스스로 벗어나는 일이다. 우리는 타자에 의해 규정된 채로 제한되어 살아가기도 하지만 우리 자신도 다른 대상에게는 타자이기에 정지된 것처럼 보이는 것의 그 활발한 운동성을 포착하는 일은, 단순히 대상을 가두고 있던 제한된 시선에 저항하는 것뿐 아니라 나 자신을 가두는 제한으로부터 벗어나는 일이 될 수도 있을 것이다.

2. 앓는 생동

시에 있어서 시적 주체가 대상을 어떻게 파악해야 하는가 하는 문제가 윤리와 직접적인 연관을 맺는 것은 타자를 어떻게 호명하느냐에 따라 대상의 본질이 다르게 드러나기 때문이다. 그 호명이 타자의 존엄을 억압하는 폭력으로서 기능할 수 있음을 우려하는 일은 그렇기에 필수적이다. 그런데 김효선의 시에서 흥미로운 점은 단순히 타자와 어떻게 윤리적으로 관계 맺을 것인가 하는 문제에 국한되지 않고, 대상에 대한 윤리적 태도를 고민하는 일이 자신에 대한 윤리적 응대로서 이해되고 있다는 점이다. 즉 '너를 어떻게 대할 것인가'의 문제를 '나를 어떻게 대할 것인가'의 문제와 오롯이 겹쳐놓는다. 사실상 대상을 어떻게 이해할 것인가 하는 문제에만 골몰하는 것은 주체와 대상의 관계를 오로지 주체의 방향에서만 모색하는 일이며, 주체 역시 대상에 의해 규정될 수 있는 상호보완적인 관계임을 암묵적으로 은폐하게 된다. 그런데 앞서 분석한 「정물은 정물이 아닌 채로」는 다른 사물의 경험을 상상하는 일이 역설적으로 타인에 의해 규정되었던 자신의 고정성을 벗어나는 일이기도 하다는 점에서 의미심장하다.

대상의 감춰져 있었던 활동성을 포착하여 묘사하는 일이 단순히 대상의 해방일 뿐 아니라 주체에게도 부당한 억압으로부터 해방되는 계기가 될 수 있다는 것은 주체와 대상의 관계를 단순히 어느 한 요소로 통합하지 않고 상호 작용 그 자체로서 파악한다. 그런데 그것이 어떻게 가능한 일일까? 김효선 시의 시적 진실이 정지된 것처럼 보이는 대상이 사실은 한시도 멈추어 있지 않는 활발한 운동성으로 구성되어 있음을 새로이 발견하는 것에 놓여 있다면 이때의 '활발한 운동성'이란 구체적으로 무엇인가? 사실 이 시집의 가장 흥미로운 지점은 여기에 놓여 있다. 존재를 이루는 어떤 구체적인 운동성이 존재의 핵심이 될 수 있으며 주체와 대상 모두를 부당한 억압으로부터 더불어 해방시킬 수 있는가? 또한 김효선의 시는 그것을 어떻게 포착하고 있는가?

> "너는 비어 있다고 쓰려는데/두통처럼 서서히 퍼지는 노을/명치끝이었다가 환한 옆구리였다가/한 번도 본 적 없는 묵직한 게 만져진다"
>
> —「서쪽 하늘」 부분

> "오래전 다친 손목이 다시 앓는 소리를 내고/밤새 비가

아우성을 친다/운명이라 해도 상처는 일말의 동행"

—「화석(花席)」 부분

"망막을 다친 사람처럼 우리는/눈을 마주칠 수 없습니
다/어딘가에 하얀 빛을 숨겨두었다는 삼백초는/이파리만
무성한 초록입니다"

—「고요의 시원(始原)」 부분

　지면의 제한이 있어 세 편을 인용했을 뿐이지만 이 시집의
곳곳에서 가장 빈번하게 포착되는 이미지 중 하나는 통증에
관련된 것들이다. 「서쪽 하늘」의 경우, 노을은 "두통"으로 비
유된다. 해가 뜨거나 지는 동안 하늘이 붉게 물드는 그 순간
을 지칭하는 말인 '노을'은 하나의 단어로 어느 시간을 통째
로 지시하고 있지만, 사실 그 노을의 시간이란 빛의 농도와
밝기가 변하면서 시시각각 다른 모습으로 이루어져 있다. 즉
노을이라는 단어가 지칭하는 현상은 도저히 하나의 단어로
만 포착하기 힘든 역동적인 운동성으로 이루어져 있고 시인
은 이 운동성을 두통으로 비유한다. 김효선의 시가 주체와
대상의 은폐되어 있는 운동성을 드러내는 데 핵심이 있다면
이때의 핵심이 통증으로 드러난다는 점은 매우 중요하다. 통
증이란 '몸' 없이는 성립하지 않는 현상이며 이는 삶이 철저
한 물질성 위에 기초하고 있음을 드러내는 표지이기 때문이

다. 사실상 두통과 노을을 연관시키는 이 비유를 곱씹다보면 통증이야말로 운동성이 가장 극명하게 표현되는 현상이며 살아 있음의 절대적인 표지임에 동의하게 된다.

「화석(花席)」은 삶과 통증이 사실은 동일한 것을 지칭하고 있음을 잘 보여준다. "오래전 다친 손목"은 과거에 있었던 일이지만, 그건 한동안 잠잠하다가도 일정한 때가 되면 "다시 앓는 소리"를 낸다. 멈추거나 그친 일이라 여겨왔다고 해도 "밤새 비가 아우성을" 치는 것과 같은 통증에 도리 없이 휘말린다. 고통스럽다고 하더라도 결국 살아 있다는 것은 상처 속에서 통증을 경험하며 살아가는 일이며 시인은 그것이 "운명"이라고 여긴다. 이 시의 제목이 「화석(花席)」이라는 점에 주목하자. 다른 이들에게 돗자리의 무늬는 그저 '무늬'겠지만, 돗자리 자신의 관점에서 보자면 그것은 바늘이 수없이 통과하며 만들어낸 상처이며 통증일 것이다. 이러한 인식이 기반에 될 때 「고요의 시원(始原)」과 같은 시편이 가능하다. 한 사람과 다른 한 사람이 서로를 고정된 존재로서 파악할 때, 그리하여 한 사람의 본질이 일종의 정물(靜物)로서 나타날 때, 이 시는 그것을 "망막을 다친 사람"으로 이해한다. 망막은 단순히 시각(視覺)만의 일이 아닌 것이다.

그렇다면 다치지 않은 망막이란 무엇일까. 아마도 나 자신과 타인의 통증을 있는 그대로 볼 수 있으며 그것을 그 존재의 핵심으로 여기는 일일 것이다. 나의 통증과 타인의 통증에 집중한다면, 살아 있는 존재를 정물로서 대하는 일은 일어날 수 없다. 통증이야말로 결코 고정되지 않는 활달한 운동성 그 자체이기 때문이다. 한 사람의 고통에 집중하는 일이 한 존재를 있는 그대로 파악하는 가장 정확한 인식이며 그동안 그 존재를 고정된 것으로 얽매여 왔던 힘들에 저항하고 해방될 수 있는 계기로 받아들여진다는 것은, 고통을 부정적인 것이자 극복해야 할 장애이기에 치료의 대상으로만 여기는 우리 사회의 인식과 정면으로 맞선다. 시가 세계를 다르게 바라볼 수 있게 하는 한 통로라면, 그 통로는 본질적으로 일반화된 사고들에 맞서지 않을 수 없으며 시를 읽는다는 것은 멀쩡하다고 믿어왔던 우리의 망막이 사실은 찢어진 것으로서 기능해왔음을 알게 되는 일에 다름 아니다.

3. 빛과 고통

이런 질문을 던질 수 있다. 한 존재를 고정된 것으로 이해하는 것이 존재를 결박하는 일이라면, 통증을 통해 존재를 이해하는 일은 어째서 한 존재를 고정되게 만들지 않는가? 가장 단순한 형태로 답한다면, 통증이야말로 가장 격동적인 운동성으로 이루어져 있기 때문이라고 답할 수 있을 것이다. 그러나 운동성이 그 자체로 존재를 결박할 수도 있지 않을까? 정지하는 일을 금지함으로써, 운동성과 고정성이라는 경계 자체에 갇힘으로써 말이다. 고통을 통해 한 존재를 깊이 있게 이해하고자 하는 시도는 한편으로는 존재를 고통이라는 프레임으로만 인식하게 기능할 수도 있다. 이 질문은 중요한데, 왜냐하면 『오늘의 날씨 내일의 연애』의 시적 가치를 드러내기에 가장 적합한 질문이기 때문이다. 어떻게 그러한가. 통증이 몸을 가지고 살아가는 것을 전제하고 있다면, 결국 통증은 존재를 죽음과의 관계에서 통찰하게 만든다. 모든 인간은 죽음에 처해 있으며 그것이야말로 인간을 제대로 통찰하는 유일한 길임을 다음의 시는 보여준다.

오랫동안 말을 참았다
눈부신 날들을 집어넣었다
모르고 내딛은 하나의 심장
평생 절박(切迫)을 끼고 산다

물 밖의 심장들 점점 가벼워지는 것이
죽음이라고 말하는,
풀잎은 언제나 아슬한 영혼을 품는다
한번 들어가면 평생 빠져나올 수 없는
고통의 내부는 환희로 가득하다
두통으로 휭궈낸 마침표 없는 문장들,
깊어질수록 가을은
녹아내린 햇살에 눈을 찔리고

약속이라는 긴 거짓말 끝에

갈대의 시간은 가을로 피어난다

흰 머리칼 쓸어 넘기는, 검은

물빛의 계절이다

—「습지의 기억」 전문

언어는 규정하려는 힘을 갖고 있지만 현상은 쉽사리 언어로 포박되지 않는다. 하나의 단어가 유리컵으로 비유된다면 그 단어가 지시하고자 하는 바는 언제나 컵을 넘쳐흐르는 액체이며 현상의 본질은 오히려 도무지 통제할 수 없는 흘러넘침에 놓여 있다. 그러니 세계와 대상의 핵심에 도달하고 싶다면 "오랫동안 말을 참"는 일이 필수적일 수 있다. 그것은 함부로 명명하지 않음으로써, 말할 수 없는 것을 말하지 않음으로서 훼손하지 않는 일이기에 "눈부신 날들을 집어넣"는 일이 된다. 이때의 "눈부신 날들"이라는 표현에 주목하자. 김효선 시에서 존재의 핵심이 통증에 놓여 있기에 말할 수 없는 것 역시 통증의 고통일 터인데 그렇다면 "눈부신 날들"이란 곧 통증을 뜻하는 말이 아닌가? 2연은 이러한 의문을 더욱 선명하게 언어화시킨다. "한번 들어가면 평생 빠져나올 수 없는/고통의 내부는 환희로 가득하다"가 그것이다. 고통은 많은 시에서 어둠에 비유되어 왔던 것에 비하면 완전히 대립되는 비유라고 할 법하다. 어째서 고통은 빛이 될 수 있는 것일까?

앞서 분석했던 「정물은 정물이 아닌 채로」의 한 구절을 기억하고 있을 것이다. "그림자가 생기는 쪽으로 사과는 굴러 갔지만/우리가 그리는 그림엔 붉은 과즙이 없다"에서 시인은 사과의 본질을 '붉은 과즙'에서 발견한 바 있다. "붉은 과즙" 이 단순히 사과의 내부를 지칭하는 것이 아니라 사과에 피가 도는 것처럼 지금의 사과가 붉게 익어가도록 만들었을 그 모든 활동성을 뜻한다고도 썼다. 그런데 사과는 어떻게 붉게 익어갈 수 있었는가? 그것은 오로지 빛을 통해서이다. 식물이 빛에 의한 것이라는 이러한 인식은 이 시집을 이루는 중요한 전제 중 하나인데, 「습지의 기억」에서도 공통적으로 발견된다. "깊어갈수록 가을은/녹아내린 햇살에 눈을 찔리고" 가 바로 그것이다. 이 시의 배경은 가을날의 습지이며, 그것은 눈부신 빛으로 가득하다. 살아 있는 것들은 그 빛을 마음 껏 들이마시고 흡수함으로써 자신을 다른 존재로 변모시켜 나간다. 그러나 그 빛은 칼처럼 날카롭게 존재의 폐부를 찌르는 일이기도 해서 존재는 상처입지 않을 수 없다.

통증에 의해 고통 받고 있다는 것은 단순히 존재가 앓고 있다는 뜻에 국한되지 않는다. 그것은 존재가 매 순간 새롭게 변화하고 있다는 뜻이기도 하다. 김효선의 시적 주체가 고통의 운동성에 갇히지 않을 수 있는 이유는 이러한 고통이 새롭고 다른 세계를 열고 만들어가는 과정이기도 하기 때문이다. 이런 이해 속에서만 표제작인 「오늘의 연애 내일의 날씨」를 읽을 준비가 되었다고 써야겠다.

우리가 별이라고 믿었던 것은?

사거리엔 별다방이 있다 음침한, 삼거리엔 삼거리별이
오거리엔 오거리행성이 묻지도 따지지도 않는 우주는 늘
반짝거렸다 누워 있기 딱 좋은 방,

목요일이니까 네가 지나가지 않을 날씨를 알려줘 목성
으로 해둘게 우린 어느 별인지도 모르고 천칭자리인지
전갈자리인지 너에게 행운이 있는 쪽을 선택해 주파수는
늘 흐린 쪽으로 흘러간다 점 하나로 이어진 어떤,

흐리거나 개인 목성이 연애의 전생이었다고 해도 빛을
내는 것들을 감출 수 없다 말할 수 없는 상처는 대체로 죄
가 되어 밤마다 우박이 쏟아지면 맞았다 별들이었는지
도. 우리가 눈물이라고 믿었던 그것은,
　　　　　　　　　　　　　―「오늘의 연애 내일의 날씨」 전문

마지막 연을 통째로 읽어보자. "흐리거나 개인 목성이 연
애의 전생이었다고 해도 빛을 내는 것들을 감출 수 없다 말
할 수 없는 상처는 대체로 죄가 되어 밤마다 우박이 쏟아지

면 맞았다 별들이었는지도, 우리가 눈물이라고 믿었던 그것은," 여기에는 모든 존재가 흐리거나 어둡다 한들 그것의 내부엔 빛이 어찌할 수 없이 존재한다는 믿음이 있다. 그 빛은 통증이기도 하지만 죄이기도 하며 우박처럼 쏟아지는 별, 눈물이기도 하다. 존재가 빛나는 순간을 고통 속에서 포착하려는 김효선 시가 아름다운 것은 사실은 존재가 다른 존재로서 거듭나는 순간이기도 함을 알고 있기 때문이리라.

이 도서의 국립중앙도서관 출판시도서목록(CIP)은 서지정보유통지원시스템 홈페이지
(http://seoji.nl.go.kr)와 국가자료공동목록시스템(http://www.nl.go.kr/kolisnet)에서
이용하실 수 있습니다.(CIP제어번호: CIP2016015194)

시인동네 시인선 058

오늘의 연애 내일의 날씨

ⓒ 김효선

초판 1쇄 인쇄   2016년 6월 22일

초판 1쇄 발행   2016년 6월 29일

지은이   김효선

펴낸이   고영

책임편집   류미야

디자인   헤이존

펴낸곳   문학의전당

출판등록   제311-2012-000043호

주소   서울시 은평구 연서로11길 7-5 401호

전화   02-852-1977   팩스   02-852-1978

전자우편   sbpoem@naver.com

ISBN   979-11-5896-265-4   03810